O Outro

Obras do autor publicadas pela Editora Record

O leitor
O outro

BERNHARD SCHLINK

O Outro

Tradução de
KRISTINA MICHAHELLES

EDITORA RECORD
RIO DE JANEIRO • SÃO PAULO

2009

CIP-Brasil. Catalogação-na-fonte
Sindicato Nacional dos Editores de Livros, RJ.

Schlink, Bernhard
S37o O outro / Bernhard Schlink; tradução de Kristina Michahelles. – Rio de Janeiro: Record, 2009.

Tradução de: Der Andere
ISBN 978-85-01-08543-6

1. Romance alemão. I. Michahelles, Kristina. II. Título.

09-0594 CDD – 833
CDU – 821.112.2-3

Texto revisado segundo o Novo Acordo Ortográfico da Língua Portuguesa

Título original alemão:
DER ANDERE

Impresso no Brasil

ISBN 978-85-01-08543-6

PEDIDOS PELO REEMBOLSO POSTAL
Caixa Postal 23.052
Rio de Janeiro, RJ – 20922-970

1

Poucos meses depois que ele se aposentou, sua mulher morreu. Ela tinha câncer, inoperável e intratável, e ele cuidara dela em casa. Quando ela morreu e ele não precisou mais se preocupar com sua comida, suas necessidades e seu corpo espoliado e cheio de escaras, teve que se preocupar com o enterro, as contas e seguros e com as providências para passar para os filhos o que lhes fora destinado. Teve que mandar sua roupa para a lavanderia, mandar limpar seus sapatos e arrumar tudo em caixas. A melhor amiga dela, dona de uma loja de roupas usadas, veio buscar as caixas, pois a esposa prometera que seus vestidos elegantes seriam usados por belas mulheres.

Ainda que aquelas não fossem providências corriqueiras para ele, habituara-se a fazer tarefas domésticas enquanto nenhum ruído chegava a ele vindo do quarto da enferma, e tinha sempre a sensação de que precisava apenas subir um lance de escada, abrir a porta e sentar-se à sua cama para trocar uma palavra, fazer um curto relato, uma pergunta. Nessas horas, a certeza de que ela estava morta o golpeava fundo. Muitas vezes, isso acontecia também quando ele estava ao telefone. Encostado, como de costume, na parede ao lado do aparelho entre a cozinha e a sala, falando de coisas normais, sentindo-se normal, de repente se lembrava de que ela estava morta e não conseguia prosseguir, tinha que desligar.

Um belo dia tudo tinha sido resolvido. Ele se sentiu como se alguém tivesse cortado as cordas, como se estivesse subitamente livre da carga, sendo levado pelo vento. Não encontrou ninguém nem sentiu falta de ninguém. Sua filha e seu filho o convidaram para passar algum tempo com eles e suas famílias, mas embora achasse que gostava dos filhos e netos, não suportou a ideia de ficar com eles. Não queria viver dentro de uma normalidade que não fosse aquela de antes.

Ele dormia mal, levantava cedo da cama, tomava chá, tocava um pouco de piano, meditava sobre este ou aquele problema de xadrez, lia e fazia anotações para um artigo sobre um tema com o qual topara nos últimos anos de sua atividade profissional e que o acompanhava desde então sem ocupá-lo verdadeiramente. Quando a tarde caía, começava a beber. Levava uma taça de champanhe até o piano ou o tabuleiro de xadrez; depois, durante o jantar, uma sopa enlatada ou algumas fatias de pão, tomava o resto da garrafa e abria uma garrafa de vinho tinto que esvaziava fazendo anotações ou lendo um livro.

Passeava pelas ruas, pela floresta nevada, acompanhando o curso do rio, com suas margens congeladas. Saía também à noite, um pouco cambaleante, no começo, tropeçando aqui e acolá e se arranhando numa cerca, num muro, mas logo esfriava a cabeça e acertava o passo. Adoraria estar à beira do mar e correr na praia, horas a fio. Mas não conseguia se decidir a abandonar a casa, aquele invólucro de sua vida.

2

Sua mulher não tinha sido especialmente vaidosa. Pelo menos nunca lhe parecera especialmente vaidosa. Bela, sim, ele a achava bela e fazia questão de lhe mostrar o quanto a sua beleza lhe agradava. Ela, por sua vez, lhe sinalizava que a felicidade dele lhe dava prazer — com um olhar, um gesto, um sorriso. Eram graciosos esses olhares e gestos, esse sorriso, bem como o jeito de ela se mirar no espelho. Mas vaidosa, isso não.

E, no entanto, ela morrera por causa de sua vaidade. Quando o médico constatou a presença de um nódulo em seu seio direito e a aconselhou a fazer uma operação, ela nunca mais o procurou por medo de que lhe extraíssem o seio. No entanto, ela nunca se gabara de seus seios redondos e rijos, assim como não se queixara quando emagreceu nos últimos meses antes de morrer e os seios ficaram pendidos como bolsos de calça vazios colocados do avesso para mostrar que não há nada dentro. Ela sempre lhe passara a impressão de saber se relacionar naturalmente com seu corpo, para o bem e para o mal. Somente depois de sua morte, quando ele soube pelo médico dela da operação recusada, ele se perguntou se aquilo que considerara como uma relação natural com o corpo não fora uma relação minada e, no final, uma relação resignada.

Começou a se incriminar por não ter percebido nada na época em que ela deveria ter feito a cirurgia e por ela não ter desejado falar com ele, dividir seus temores, pedir ajuda para encontrar sua decisão. Naquela época? Não lhe veio nenhuma recordação espontânea do período em que ela provavelmente recebera a notícia do nódulo e a recomendação da cirurgia. Começou a juntar os cacos de sua memória e não encontrou nada que lhe chamasse a atenção. Naquela época, eles tinham a mesma intimidade de sempre, ele não estava sofrendo nenhuma pressão profissional nem precisava viajar muito e ela também vinha trabalhando como sempre. Tocava violino na orquestra municipal, segundo violino, primeira estante, além de dar aulas. Lembrou-se de que, depois de tantos anos em que sempre manifestavam a intenção, até mesmo chegaram a voltar a tocar juntos, a sonata "La folia", de Corelli.

Quando se lembrava da intimidade entre ambos, sua culpa emudecia, dando lugar a um mal-estar. Teria ele se iludido? Teriam mesmo sido tão íntimos assim? O que faltara? A vida a dois não era boa? Afinal, haviam dormido juntos até ela cair gravemente doente, haviam conversado até ela morrer.

O mal-estar também acabou se dissipando. Muitas vezes, ele teve a sensação de um vazio, mas sem saber o que lhe faltava. Nesses momentos, mesmo que para ele fosse inimaginável tirar a prova dos nove, perguntava-se se efetivamente sentia falta de sua mulher ou simplesmente de um corpo quente na cama, de alguém com quem pudesse trocar algumas palavras e que achasse suas conversas razoavelmente interessantes, e que ele escutasse com interesse razoável. Também se questionava se a saudade que sentia do trabalho de vez em quando realmente tinha por objeto o seu trabalho, e não um contexto social qualquer e um papel que ele desempenhava bem. Ele sabia que era lento, lento para perceber as coisas e para processá-las, lento para se envolver com alguma coisa e para se libertar dela.

Às vezes, tinha a impressão de que tinha despencado da própria vida, que ainda estava caindo, mas logo chegaria a algum lugar, lá no fundo, recomeçando do zero, modesto, mas recomeçando.

3

Um belo dia chegou uma carta para a sua mulher cujo remetente ele desconhecia. De vez em quando ainda chegavam cartas — impressos, boletos de assinaturas de revistas e anuidades, a correspondência de uma amiga para quem esquecera de mandar a participação do falecimento, mas da qual logo se lembrou ao ver a carta, a participação do falecimento de um ex-colega ou o convite para um lançamento.

Era breve, escrita com caneta-tinteiro em uma caligrafia fluente.

Querida Lisa
Você acha que eu não deveria ter dificultado as coisas, eu sei. Não concordo, nem mesmo hoje. No entanto, tornei-me culpado, coisa que eu não sabia então e que sei agora. Você também se tornou culpada. Com quanto desamor lidamos com o nosso amor! Nós o sufocamos, você com seus temores, eu com as minhas exigências, em vez de deixá-lo crescer e florescer.
Existe o pecado da vida não vivida, do amor não amado. Sabia que um pecado cometido a dois une eternamente aqueles que o cometeram?
Há alguns anos eu a vi de novo. Foi durante uma apresentação de sua orquestra na minha cidade. Envelheceu. Reparei nas suas rugas, no cansaço do seu corpo, e me lembrei da sua voz, de como ela se tornava estridente em momentos de medo e de defesa. Mas isso não adiantou nada. Se eu pudesse, teria partido com você num carro ou num trem, e teríamos passado muitas noites e muitos dias na cama.
Esses meus pensamentos não lhe dizem nada? Mas com quem mais os partilharia, se não com você!

Rolf

O endereço do remetente indicava uma grande cidade no sul. Depois de ler a carta, ele pegou o mapa da cidade e encontrou o endereço próximo de um parque. Imaginou o autor da carta em sua mesa de trabalho com vista para o parque. Ele também olhava para as copas das árvores na rua, diante de sua casa. Ainda estavam nuas, sem folhas.

Não se lembrava de que a voz da mulher fosse estridente. Nunca passara noites e dias na cama com ela. Nunca simplesmente partira de carro ou de trem com ela. Primeiro, ficou surpreso, depois se sentiu traído e roubado; sua mulher o privara de algo que era seu ou que deveria ser seu e que outro homem roubara. Sentiu ciúmes.

Não eram apenas ciúmes daquilo que sua mulher partilhara com outro e que ele desconhecia. Como saber se ela fora uma para ele e outra para o Outro? Talvez ela tivesse sido para o Outro aquela que fora para ele. Às vezes, Lisa e ele assistiam a um concerto e suas mãos se tocavam porque ambos gostavam da peça. Havia vezes em que ele a observava se maquiar de manhã e ela lhe devolvia um pequeno olhar e um pequeno sorriso antes de voltar a fitar a imagem no espelho, concentrada. Havia vezes em que ela acordava de manhã e se aconchegava a ele, ao mesmo tempo que se espreguiçava. Ou vezes em que ele lhe contava algum problema do trabalho e ela parecia nem escutar para, horas ou dias depois, surpreendê-lo com uma observação que evidenciava sua atenção e seu envolvimento. Todas essas situações revelaram a intimidade da vida conjunta. Uma intimidade que ele sempre compreendera como sendo sua, exclusivamente sua. Mas agora nada daquilo lhe parecia natural. Por que ela e o Outro não poderiam ter tido a mesma intimidade? Por que ela e o Outro também não teriam ficado de mãos dadas durante um concerto, por que ela não teria sorrido para o Outro ao se maquiar, por que ela também não teria se aninhado no Outro, espreguiçando-se ao mesmo tempo?

4

A primavera chegou e ele acordava de manhã com o canto dos pássaros. Cada dia era igual ao outro. Ele despertava feliz por escutar os pássaros e por ver o brilho do sol no quarto, e por um instante o mundo parecia perfeito. Mas logo tudo voltava à sua cabeça: a morte da mulher, a carta do Outro, o affair entre os dois e o fato de sua mulher, neste affair, ter sido bem diferente da que ele conhecera, ao mesmo tempo que era exatamente a mesma pessoa. Affair era como ele passara a denominar aquilo que a carta revelara, e a dúvida sobre se o seu ciúme tinha dupla motivação gerou a certeza de que era assim. Às vezes, ele se perguntava o que era pior: o fato de a pessoa amada ser outra com outro ou exatamente aquela com quem se partilha uma intimidade. Ou então as duas situações eram igualmente ruins? Pelo fato de que, de uma maneira ou de outra, alguma coisa é roubada — algo que nos pertence ou algo que deveria nos pertencer?

Parecia uma doença. O doente acorda e precisa de um breve momento até voltar a se dar conta de que está doente. E da mesma forma que a doença passa, passa também a tristeza, o ciúme. Ele sabia disso e ficava à espera de que as coisas melhorassem.

Na primavera, os seus passeios se tornaram mais longos. Começaram a ter metas. Ele não saía mais sem rumo, mas atravessava os campos até chegar à eclusa no vale. Ou então atravessava a floresta até o castelo à beira do rio. Ou então passava por pomares em flor no morro até uma aldeia vizinha, onde parava e pegava o trem para voltar. Com uma frequência cada vez maior ele tirava a velha garrafa de champanhe da geladeira no fim da tarde e a guardava de volta. Com uma frequência cada vez maior ele se flagrava pensando em coisas que não tinham a ver com a sua mulher, sua morte, o Outro e o affair.

Um belo sábado ele foi ao centro da cidade. Nos últimos meses, não tivera motivos para fazê-lo. No seu bairro havia uma padaria e um mercadinho, e ele não precisava de mais do que isso. Quando se aproximou do centro, com trânsito cada vez mais denso de carros e empurra-empurra de gente, loja após loja, o ar cheio de vozes humanas, barulho do trânsito, a melodia dos músicos de rua e os gritos dos ambulantes, ele teve medo. Sentiu-se constrangido pelas pessoas, sua algaravia, seus ruídos. Entrou numa livraria, mas ela também estava cheia, as pessoas se acotovelavam diante das prateleiras, das mesas e do caixa. Continuou parado durante algum tempo na porta, em pé, sem conseguir decidir se devia entrar ou sair, atrapalhando os outros — as pessoas esbarravam nele e ele ouvia pedidos de desculpas irritados. Quis voltar para casa, mas estava sem forças de pisar na rua e caminhar, de pegar um bonde ou procurar um táxi. Achara que era mais forte. Pensara como uma pessoa em convalescença que exagera e tem uma recaída.

Quando, finalmente, conseguiu entrar num bonde, uma jovem se levantou e lhe ofereceu o seu assento. "O senhor está passando bem? Desde a livraria deu a impressão de precisar de cuidados." Não se lembrava de tê-la visto na livraria. Agradeceu e sentou-se. O medo não o largou. Recomeçar a convalescer do zero significava que ele tinha chegado ao fundo do poço? Queria poder acreditar naquilo, mas teve a sensação de estar caindo mais ainda.

Em casa, deitou-se na cama, no meio do dia. Adormeceu e acordou depois de algumas horas. Ainda estava claro e o medo tinha desaparecido.

Sentou-se à sua mesa de trabalho, pegou um pedaço de papel e escreveu, sem data nem saudação:

Sua carta chegou. Mas já não chegou para quem você a escreveu. A Lisa que você conheceu e amou morreu.

B.

BB, era assim que sua mulher e os amigos o chamaram durante muito tempo, até virar um B simples. B de Benner, era assim que ele costumava rubricar suas notas e suas disposições no trabalho. E era com a letra B de Bengt que ele se habituara a assinar os documentos particulares, até mesmo para seus filhos, que antigamente o chamavam de Baba, em vez de papa, com a pronúncia suave do dialeto. Agradava-lhe o fato de o B cumprir tantas funções.

Ele colocou a folha num envelope, escreveu o endereço, selou a carta e a jogou numa caixa coletora de correio algumas ruas adiante.

5

Três dias depois ele achou a resposta.

Bela! Então não quer mais ser a Lisa que amei tanto? Quer dizer que ela morreu para mim?
Compreendo tão bem seu desejo de matar o passado com o silêncio, mesmo que ele alcance o presente, dolorosamente. Mas ele só pode chegar até o presente se ainda estiver vivo. Para você, nosso passado comum ainda está tão vivo quanto para mim — e como isso é bom! Que bom que esteja me escrevendo agora, você que jamais respondeu às minhas cartas. E que conti-

nue sendo a minha Bela, ainda que oculta atrás de uma abreviação.
Sua carta me deixou feliz.

Rolf

Bela? Sim, ela tivera belos olhos escuros, cabelos cacheados morenos, pelos nos braços e nas pernas que brilhavam louros no verão, quando ficava bronzeada, e muitos sinais espalhados pelo corpo. Minha bela morena, assim ele a chamava de vez em quando, com admiração. Bela — isso era diferente. Era mais sintético, mais possessivo. Bela — como uma égua a quem se acariciam as ventas para logo saltar nela e pressionar as ancas.

Ele foi até a secretária da mulher, um móvel de estilo do século XIX. Sabia que existia ali uma gaveta secreta. Ao arrumar as coisas dela depois da sua morte, hesitara em procurá-la. Agora, esvaziou tudo, tirou todas as gavetas, encontrou o local atrás do qual devia haver a gaveta secreta e, depois de um tempo, também o remate que precisava pressionar para fazer girar o cubo no eixo até deixar uma porta à mostra. Ela estava trancada, ele a arrombou.

Um punhado de cartas amarradas com uma fita vermelha: pelo selo postal ele viu que eram as cartas da paixão juvenil da qual a sua mulher lhe contara. Um álbum de poesias ou de fotos com alça de couro e cadeado. Num outro punhado de cartas com fita verde ele reconheceu a letra dos pais dela. Ele também reconheceu a letra do Outro. Eram quatro cartas, presas por um grande clipe. Ele os levou até o seu lugar preferido perto da janela, uma poltrona e uma mesinha de estilo do século XIX como a escrivaninha, que comprara com Lisa antes de se casarem. Sentou-se e leu:

Lisa,
Tudo acabou sendo diferente do que imaginou inicialmente, mais difícil. Sei que às vezes tem medo e preferiria fugir. Mas não pode fugir. Nem precisa. Estou com você, mesmo não estando ao seu lado.
Duvida do meu amor porque não facilito as coisas? Isso foge à minha alçada. Sim, se tudo fosse mais fácil eu também preferiria que vivêssemos juntos, um para o outro, nada mais. Mas o mundo não é assim. No

entanto, ele é maravilhoso, pois permitiu que nos conhecêssemos e nos amássemos.
Não posso largar você, Lisa.

Rolf

Não, Lisa, de novo, não. Vivemos isso há um ano e há seis meses e sabe que não posso largar você. Não vivo mais sem você e você não vive mais sem mim. Não vive sem o meu amor, sem o prazer que eu lhe dou. Se me deixar e eu despencar sem tábua de salvação, sem chão, levo você comigo. Não deixe que isso aconteça. Continue sendo minha, assim como sou seu.

Rolf

Não apareceu. Esperei por você, horas a fio, e não apareceu. Bem, ela não é pontual, pensei no início. Depois fiquei preocupado e comecei a telefonar e fui informado pela sua faxineira que não podia atender o telefone. Pela faxineira! Você me renegou por intermédio da sua faxineira.
Estou furioso, perdoe-me. Não tenho direito de estar furioso com você. Foi demais para você, as coisas não podiam seguir assim, tinham que mudar, e não chegar

foi a única forma que tinha de me mostrar isso. E eu, pelo jeito, só assim consegui entender.
Entendi, Lisa. Esqueçamos por um tempo tudo isso, que tanto pesa. Na próxima semana estará em Kiel com a orquestra — fique um ou dois dias a mais, dias que serão só nossos. E mande logo notícias.

Rolf

A faxineira, a faxineira! Ela trabalha todos os dias na casa de vocês? Pelo menos é ela quem atende sempre quando ligo. Ou então seu marido — logo ele — desconfiará da pessoa que liga todas as noites e desliga quando ele atende. Ah, Lisa! O fracasso dos meus telefonemas tem algo de grotesco, cômico. Vamos acabar com essa coisa grotesca e rir daquilo que é cômico, rir juntos, rir juntos na cama, fazer carinho e rir e fazer carinho e voltar a rir e...
Estarei aqui na próxima semana. Esperarei — não apenas no nosso dia e no nosso horário, estarei à sua espera o dia inteiro e a noite inteira e todas as horas.

Rolf

O missivista não datara nenhuma das quatro cartas. O carimbo postal na primeira carta datava de doze anos atrás, nas outras três, onze anos atrás, com diferença de poucos dias entre uma e outra.

O que teria acontecido depois da última carta? Lisa cedera? O Outro desistira? Desistira, sem voltar a escrever nenhuma outra carta?

6

Ele se lembrava bem da época em que as cartas foram escritas. Onze anos atrás havia eleições, e embora a maioria no Parlamento e a coalizão governamental continuassem iguais, o ministro mudou. O novo substituiu a ele, que era apartidário, por um funcionário do partido e o aposentou temporariamente. Um ano depois, foi reabilitado e requisitado para um cargo em uma fundação pública, onde tinha um desafio interessante. Mas já não tinha mais o poder do qual gozara durante alguns anos no Ministério.

Sim, nos últimos anos no Ministério ele estivera sob forte pressão e viajara muito, e tivera que trabalhar na sua papelada durante o fim de semana, no gabinete e em casa. Imaginara que tudo estava em ordem com o casamento e a família, certificando-se disso em seus contatos ocasionais com a mulher e os filhos. Será que se certificara de verdade? Agora, sentia-se como se não apenas tivesse se iludido na época, mas como se já então soubesse que estava se iludindo. Lembrou-se de situações em que Lisa estivera ausente ou o rechaçava. "O que foi?", perguntara. "Nada", respondera ela. "Mas alguma coisa está errada." "Não, está tudo bem, estou apenas cansada" ou "Vou menstruar" ou "Estou pensando na orquestra" ou "em um aluno". Ele não insistira mais.

E depois, quando ele deixara o Ministério, logo depois da última carta? Envergonhado, percebeu que tinha menos lembranças ainda de seu casamento e de sua família no ano de sua aposentadoria temporária. Sentira-se injustiçado, magoado, lambera suas feridas e esperara que o mundo, o Estado, o ministro, os amigos, a mulher, os filhos vissem a injustiça cometida contra ele. Estava tão atento para o jeito como os outros tratavam com ele que nem sequer percebera como ela estava. Lembrou-se de sua luta contra o barulho das crianças e de seus amigos. Aquela alegria ruidosa, para ele, era pouco-caso com a sua necessidade de tranquilidade.

Não achou nada em sua memória que pudesse responder à pergunta sobre se o relacionamento entre Lisa e o Outro continuara depois da última carta. Às vezes, Lisa o procurara naquele ano difícil e ele a repelira, apenas para que ela o amasse apesar de tudo, como uma criança. Lembrava-se disso, mas não conseguia se lembrar de outras coisas que se tinham passado entre eles. Não conseguia conceber agora que, além do tempo dedicado à orquestra, tivesse passado muito tempo fora de casa sem que ele, que sempre vivia em casa, o percebesse. Mas o que ele percebera naquele ano?

Ele escreveu.

Suas cartas atuais são como as antigas: elas me pressionam. Você me pressiona. Se isso não mudar, quero dizer, se você não mudar isso, não receberá mais notícias minhas. Não cometa o mesmo erro.

B.

Não se sentiu bem. Mas achou que isso não fazia mal. Tampouco se sentiria bem se não estivesse escrevendo a carta. Ou se estivesse escrevendo outra carta. Lisa escapulira do Outro, e se tivesse continuado assim, ele faria as pazes com tudo aquilo. Faria as pazes se não tivesse durado muito tempo. E se não tivesse sido muito profundo.

7

Lisa, minha Bela,

Seja justa. Eu estava desesperado. A minha vida estava arruinada, por mais que tivesse me ajudado, por mais que eu tivesse lutado, depois me jogou fora da sua vida como se enxota um cão vadio para a rua, trancou todas as portas e janelas. Eu não sabia mais o que fazer. Não quis pressionar você. Apenas queria alcançar, ver, falar com você. Não me lembro mais muito bem do conteúdo das cartas que escrevi então. Mas não consigo imaginar que naquilo que a fez sentir-se pressionada não se percebesse o meu desespero, o meu medo de perdê-la ou de já haver perdido. E não é verdade que deixei você em paz depois de ter finalmente falado com você ao telefone, e a ter encontrado na esquina, na chuva, quando me disse que tudo estava acabado, de uma vez por todas, e que não podia nem queria mais me ver?

Mas talvez não estivesse se referindo ao final. Estava falando do começo? Quando saiu correndo e eu fui atrás de você e a imobilizei no muro ao lado da igreja? Sim, se eu não tivesse segurado a parede com as mãos, prendendo você com meus braços, eu não poderia ter dito tudo que eu tinha para dizer. Mas não a toquei até me abraçar. E na nossa primeira noite também me abraçou, não lembra mais? Fazia frio, fazia tanto frio que não quis sair debaixo do cobertor, por isso me ergui e me inclinei sobre você para apagar a luz, e então acabou tirando os braços debaixo do cobertor para me puxar até você.

Eu sei, você se perguntou depois, e me perguntou, sempre de novo, se eu não tinha armado aquele nosso primeiro encontro, se não tinha feito com você um jogo de cartas marcadas. Eu não quis dizer então, e até hoje não gosto de dizer, que o nosso encontro foi uma coincidência. Ele foi um presente do céu.

Ainda tem aquelas fotos? Eu só tinha cópias das primeiras, feitas por um colega seu, e eu as vejo diante de mim: o restaurante em Milão, muitos músicos ao redor de uma grande mesa e eu a seu lado, eu, que o oboísta foi buscar do meu canto solitário para a mesa divertida de vocês. As próximas fotos são do Lago di Como, ainda tenho os negativos. Uma delas foi clicada por aquele garoto da vendinha de frutas, nós estamos com o ar confuso, apaixonado, feliz e decidido. A outra mostra o grande hotel branco antigo da nossa primeira noite: os picos ainda estão nevados e você está encostada no carro que alugamos, um lenço na cabeça como Caterina Valente nos anos 1950. Outra fotografia foi a que tirou de mim sem que eu tivesse notado: já de sobretudo, eu estava na varanda olhando para o lago onde, por causa do frio, ainda não havia nenhum navio, nenhum barco. E a sua foto na luz matinal, que me deu no porta-retratos de prata. Se em algum momento se sentiu pressionada, no começo, no fim, não importa quando — sinto muito. Eu acreditava que ambos estivéssemos sob a pressão da situação, que ambos estivéssemos sofrendo por não estarmos tão disponíveis um para o outro como gostaríamos. Estávamos presos de maneiras diferentes,

e você talvez tenha lutado mais com o seu conflito do que eu com o meu. Mas para mim tampouco foi fácil, e o mais difícil foi ter que lhe pedir constantemente para me ajudar.
Não tenho coragem de pedir para revê-la. Mas quero que saiba que é o meu desejo.

Rolf

Ele recolocara o álbum em seu lugar depois de encontrá-lo na gaveta secreta. Agora, tirou-o, cortou a alça de couro e o abriu. O álbum começava com o grupo à mesa do restaurante de Milão: olhares vermelhos por causa do flash, gestos movidos a álcool, pratos e travessas vazios, jarras cheias e vazias, garrafas e copos. Ele reconheceu um ou outro colega de Lisa. Ela aparecia sentada ao lado de um homem que ele nunca vira antes. Em cada uma das fotos ele aparecia rindo, para o seu vizinho de mesa, para Lisa, para a câmera, a mão esquerda erguendo o copo, a mão direita pousada sobre os ombros de Lisa. Depois vieram as fotos do Lago di Como: Lisa e o Outro ao lado da banca de frutas, Lisa de carro na subida de um hotel da virada do século, Lisa ao lado de uma palmeira no lago, Lisa à mesa de um restaurante com uma xícara de café espresso e um copo de água, Lisa segurando um gato preto. Também achou o Outro na sacada olhando para o lago. E achou Lisa na cama. Ela estava deitada de lado, abraçando o cobertor com os braços e as pernas, o rosto de quem acaba de acordar, feliz, voltado para a câmera.

Havia outras fotografias. Em algumas ele reconheceu casas, ruas, praças, o castelo ou uma igreja da cidade onde morava. Outras deviam ter sido tiradas na cidade do Outro. Nenhuma fotografia apontava para mais uma viagem. A última fotografia mostrava o Outro de sunga e toalha num prado. Alto, esguio, postura ereta e passo firme, cabelos cheios e sorriso suave — um homem bonito.

8

Examinou-se no espelho. Os pelos brancos no peito, as manchas e verrugas de velhice espalhadas pelo corpo, a banha na cintura, as pernas e os braços magros. A cabeça com os cabelos ralos, as rugas profundas na testa, entre as sobrancelhas e das narinas até os cantos da boca, os lábios finos, a pele flácida sob o queixo. Não encontrou em seu rosto nem dor, nem tristeza, nem raiva, mas apenas fastio.

O desgosto o devorava por dentro, devorava-o lentamente, aos pedacinhos, devorava a sua vida passada. Tudo o que sustentara seu casamento — amor, intimidade, hábito, a sabedoria de Lisa, seus cuidados, seu corpo, seu papel como mãe de seus filhos —, tudo aquilo também sustentara todo o resto de sua vida. Sustentara-o mesmo em suas fantasias ocasionais de uma outra vida e com outras mulheres.

Ele vestiu o roupão e ligou para a filha. Perguntou se poderia visitá-la no dia seguinte. Não, não por muito tempo, só por alguns dias. Sim, estava bem sozinho. Apenas queria conversar com ela.

A filha disse que sim, que ele deveria vir. Ele percebeu a hesitação em sua voz.

Antes de partir no dia seguinte, escreveu uma resposta. Simplesmente não conseguia se decidir a se dirigir ao Outro de forma direta. Mais uma vez, começou sem saudação.

Como se ilude! Sim, estávamos em situações diferentes — o que podia ser igual? E como pode ter sido difícil para você pedir ajuda para mim? Eu ajudei. Isso não terá sido mais difícil?

Falar bonito, foi o que fez então e que está voltando a fazer. Sim, ainda guardo as fotografias. Mas elas não despertam lembranças felizes quando as vejo. Havia muita mentira.

Quer me encontrar, mas ainda não estamos prontos para isso, se é que algum dia estaremos.

B.

Fazia meses que ele não usava mais o carro. O mecânico precisou vir para ajudar a fazê-lo pegar. Dirigir era estranho, mas não desagradável. Ele ligou o rádio, baixou o teto conversível e deixou entrar o ar primaveril.

A última vez ele percorrera aquele trecho com sua mulher. Ela já estava muito doente, pesava pouco; ele a enrolara numa manta e a carregara escada abaixo, atravessara a rua até o carro. Ele adorava fazer aquilo: cobri-la, segurá-la nos braços e carregá-la. Antes de partir, permitiu que ele lhe desse um banho, que a penteasse, e passou um pouco de água-de-colônia; já desistira da maquiagem. Ele a carregou, ela era perfumada e ela gemia e sorria.

Essa recordação continuava intocada. Ele notou que as recordações dos últimos anos, os anos da doença e da morte, não tinham sido tocadas pelas descobertas recentes. Como se aquela Lisa pela qual ele lutara e com a qual constituíra uma família e dominara a vida, e a outra, que lentamente se apagava, tivessem sido duas pessoas diferentes. Como se a enfermidade e a morte tivessem aniquilado dentro dela tudo aquilo a que seu ciúme se aferrava.

A estrada passava através de pequenas aldeias, prados e florestas, uma ordem caiada de branco e de tijolinhos vermelhos e uma natureza toda certinha que brilhava num verde-claro e nos jardins de flores coloridas. As ruas das cidadezinhas estavam vazias, as crianças estavam na escola e os adultos, no trabalho. Entre uma cidadezinha e outra, de vez em quando cruzava com outro carro, um trator, um caminhão. Ele amava aquela paisagem acidentada entre as montanhas e a planície. Era parte de sua pátria e da de Lisa, à qual eles tinham se mantido fiéis até mesmo quando sua carreira o levara para o Ministério e para a capital. Tinham decidido manter a casa, a mesma escola para os filhos, ele ia ao trabalho e voltava, às vezes só por um dia, às vezes por alguns mais, ou até por uma semana inteira. Os filhos também gostavam daquele lugar, quando saíram de casa, foram morar perto. Uma hora de carro até a casa da filha, duas horas até a casa do filho — pela autoestrada e pisando no acelerador, levava metade do tempo. Mas agora ele não tinha pressa alguma.

Ele tentou se preparar para a conversa que pretendia ter com a filha. O que deveria dizer à filha sobre Lisa, sobre si mesmo e sobre o Outro? Ele tinha a impressão de que Lisa e sua filha eram bastante próximas. Mas não tinha certeza, as suas recordações de Lisa abraçada à filha, da filha que chega em casa e chama a mãe ou de Lisa de férias com ele passando horas ao telefone com a menina eram de um período em que a filha ainda era adolescente.

9

— O que era que você queria me dizer? A filha fez a pergunta enquanto arrumava o sofá para ele passar a noite. Ele se oferecera para ajudar, ela recusara e ele ficara parado, as mãos nos bolsos. Havia uma certa frieza no seu jeito de perguntar.

— Amanhã conversamos.

Ela alisou a colcha e se aprumou.

— Desde que mamãe morreu, nós o convidamos várias vezes, eu pensei que seria bom para mim e para você que nos aproximássemos, porque nós dois... Porque você perdeu a mulher e eu perdi minha mãe, e Georg e as crianças também teriam gostado. Você recusou nossos convites e me ofendeu, assim. Agora, aparece e quer conversar. É como antigamente, quando você passava meses sem sequer olhar para nós e de repente queria passear no domingo para conversar. Não tínhamos assunto e você acabava se irritando. É por isso que eu gostaria de resolver logo.

— Mas foi assim tão horrível?

— Foi.

Ele olhou para a ponta dos sapatos.

— Sinto muito. Quando o trabalho pesava, eu perdia o contato com vocês. Ficava de consciência pesada, mas não sabia o que devia perguntar para vocês. Eu ficava mais desesperado do que irritado.

— Desesperado? — perguntou a filha, irônica.

Ele assentiu com a cabeça.

— Sim, desesperado, de verdade.

Ele quis explicar à filha como tinha sido sua vida naquela época e que sentira a perda dos filhos, sofrera com aquilo. Mas viu estampada no rosto da filha a recusa àquilo que pretendia dizer. Ela se tornara severa e amarga. Embora ele ainda conseguisse enxergar a menina espontânea, alegre e confiante, não conseguia mais falar com ela, aproximar-se. Tampouco podia perguntar como aquela menina alegre se tornara uma mulher amarga. Mas conseguiu fazer a pergunta que trouxera consigo, mesmo se a resposta fosse novamente fria.

— A sua mãe chegou a conversar com você sobre o nosso casamento?

— A sua mãe... Por que você não diz simplesmente "a mamãe", como outros homens, ou "Lisa"? Você ressalta o fato de ela ser a minha mãe como se...

— A sua... a mamãe dizia que não gostava quando eu me referia assim a ela?

— Não, nunca disse não gostar das coisas que você fazia.

— Lembra daquela época de onze anos atrás? Você estava fazendo os exames finais da escola, e no verão...

— Não precisa me dizer o que eu fiz então, eu sei muito bem. No verão, a mamãe viajou comigo por uma semana para Veneza para comemorar os meus exames. Por quê?

— Ela falou de mim durante aquela viagem? Do nosso casamento? Talvez sobre outro homem?

— Não, nada disso. E você devia ter vergonha de fazer esse tipo de pergunta sobre a mamãe. Devia ter vergonha.

Ela foi até o corredor e voltou com duas toalhas de banho.

— Tome. Pode usar o banheiro agora. O café-da-manha é às 7h30 e eu o acordo às 7h. Boa noite.

Ele queria lhe dar um abraço, mas quando se aproximou dela, ela deu um breve aceno e saiu rapidamente do quarto. Teria sido um aceno ou uma recusa?

Ele não foi ao banheiro. Estava com medo, e o caminho pelo corredor até o banheiro lhe custava mais coragem do que ele tinha. Se ele se enganasse de porta e de repente estivesse no quarto da filha e do marido dela? Ou no quarto das crianças? Ou no corredor do prédio, diante da porta trancada? Ele teria que tocar a campainha, levar um sermão e se desculpar. Decidiu não mais ir visitar o filho. Tampouco iria visitar a melhor amiga de Lisa para fazer perguntas sobre Rolf.

10

Ele partiu no dia seguinte, quando a casa estava vazia, quando a filha e o marido tinham ido trabalhar e as crianças estavam na escola. Despediu-se com um bilhete.

A viagem durou quatro horas. Ele não conhecia muito bem a cidade, mas encontrou a rua, o prédio perto do parque e, perto dele, um quarto de hotel. Pendurou as roupas no armário e saiu para uma caminhada. A pequena rua do hotel cruzava uma rua mais larga com calçadas amplas e desembocava numa pequena praça. Do banco da praça ele conseguia ver a rua em que o Outro morava. O prédio era uma antiga mansão no estilo *art nouveau*, dividida em apartamentos, com os fundos fazendo limite com um riacho e o parque, assim como as outras casas vizinhas.

Nos dias seguintes sempre encontrava o banco vazio em suas caminhadas. Embora o tempo ameno o convidasse a se sentar, era melhor sentar nos bancos do parque, alguns passos adiante. Ele só ficava até terminar de ler o jornal, nem mais, nem menos, em seguida passava pelo prédio do Outro e atravessava o riacho para ir até o parque. A cada dia que passava, retardava um pouco esse trajeto. Ao percorrê-lo, fazia planos. Investigar o Outro, cercá-lo, apurar seus hábitos e preferências, ganhar a sua confiança, encontrar o seu ponto fraco. Depois — ele não sabia o que viria depois, o que ele faria depois. De alguma maneira ele haveria de eliminar o Outro da sua vida e da vida de Lisa.

Na terça-feira da segunda semana ele estava sentado no banco por volta das 12 horas quando o Outro saiu do prédio. Estava de terno, gravata e um lenço combinando no bolso do colete. Um janota! Era mais corpulento do que nas fotografias, era garboso e andava com passos animados. Quando chegou à praça, dobrou na ruazinha e, no cruzamento, na rua mais larga. Depois de alguns metros, sentou-se no terraço de um café. Sem que ele pedisse, o garçom lhe trouxe café, dois croissants e um tabuleiro de xadrez. O Outro tirou um livro do bolso do terno, arrumou as peças e jogou uma partida do livro.

Quando o Outro chegou ao café no dia seguinte, ele já estava sentado diante de um tabuleiro, jogando uma partida de Keres contra Euwe.

— Defesa índia da dama? — perguntou o Outro, que parara para acompanhar.

— Sim.

— Ele venceu um peão preto com o bispo branco.

— Quem está com as pretas deve sacrificar a dama.

— Keres também achava isso.

Ele venceu o bispo branco com a dama preta e sacrificou esta com a dama branca. Levantou-se.

— Prazer, meu nome é Riemann.

— Feil.

Cumprimentaram-se com um aperto de mãos.

— Quer sentar?

Tomaram café juntos, comeram croissants e terminaram a jogada. Depois, fizeram uma nova partida.

— Meu Deus, são 15 horas, preciso ir.

O Outro se despediu apressadamente.

— Eu o verei amanhã novamente?

— Sim, com prazer. Pretendo continuar na cidade por mais um tempinho.

Combinaram se encontrar no dia seguinte, depois para o outro dia, depois não foi preciso combinar mais nada. Encontravam-se às 12h30, tomavam um café-da-manhã tarde e jogavam uma partida. Depois conversavam. Às vezes, caminhavam pelo parque.

— Não, nunca fui casado. Não fui feito para o casamento. Fui feito para as mulheres, e as mulheres para mim. Mas casamento, não — às vezes precisei sair correndo quando a coisa apertava, mas sempre escapei a tempo.

Ele riu.

— Você nunca achou uma mulher com quem quisesse ter ficado?

— Claro, houve mulheres que quiseram ficar comigo. Mas quando bastava, bastava. Conhece aquela máxima de Sepp Herberger:* O fim de um jogo já é o início do próximo.

Ou então falavam de trabalho.

— Sabe, para mim, que durante anos tive muita responsabilidade internacional, hoje estava em Hong Kong, amanhã já em Nova York, profissão era bem diferente do que para alguém que vai todos os dias ao escritório e faz sempre o mesmo trabalho.

— O que você fazia?

— Chamemos de *troubleshooting*, a arte de detectar problemas. Eu resolvia o que outros haviam estragado. Rebeldes sequestram a mulher do embaixador alemão ou a filha do representante da Mannesmann, o ladrão oferece o quadro roubado ao Museu de Belas-Artes para recompra, o PDS confiava o seu patrimônio à máfia — compreende o que quero dizer?

— Quer dizer que você negociava com o rebelde, o ladrão ou a máfia?

---

*Lendário técnico de futebol alemão, conhecido por suas frases motivadoras. (*N. do E.*)

— Alguém precisava fazer isso, não?

O Outro fez um olhar significativo e modesto.

Ou então eles conversavam sobre suas atividades prediletas.

— Durante muito tempo eu não conseguia imaginar uma vida sem polo. Você joga golfe? Não? Bem, o polo está para o golfe como a arte de montar para a corrida.

— Não me diga!

— Você também não monta a cavalo? Então, como vou lhe explicar? É o esporte mais veloz, mais duro, mais cavalheiresco. Infelizmente, precisei abandoná-lo depois da minha última queda.

Ou então falavam de cachorros.

— Então você teve cachorro durante muito tempo? Que tipo?

— Um vira-lata. Tinha um pouco de pastor, um pouco de rottweiler e mais alguma coisa. Nós o ganhamos com um ou dois anos, um cara escorraçado, que certamente havia sido surrado, deprimido. Ele continuou deprimido. Mas foi feliz do seu jeito e teria se sacrificado pela família. Quando não se escondia debaixo da poltrona, de medo.

— Um fracassado. Outra coisa que eu não suporto. Fracassados. Tive um dobermann durante muito tempo, premiadíssimo. Prêmios e mais prêmios. Um animal maravilhoso.

11

Um fanfarrão, pensou ele, um janota e um fanfarrão. O que, afinal, Lisa vira nele?

Ele ligou para a faxineira e pediu que lhe reenviasse sua correspondência para o hotel.

Não, minha Bela, não foi ruim você me ajudar. Ambos achávamos que seria bom. Além disso, o fato de eu a usar de certa forma lhe dava prazer. Para mim foi horrível não dar conta sozinho.

Foi uma lição para mim. Enquanto isso, a minha vida mudou. Não é verdade que eu apresento as coisas mais

bonitas do que elas são. Vejo nelas a beleza que outros não veem. Também lhe mostrei coisas belas que não viu e a fiz feliz assim.
Deixe que eu lhe abra os olhos mais uma vez e a faça feliz.

Rolf

Com medo de se trair, ele não falara ao Outro de que cidade viera. Isso fora um cuidado inútil e, além disso, lhe subtraía assunto para conversas com o Outro. Iscas que o Outro poderia engolir e com as quais ele poderia fisgá-lo. Assim, terminou por mencionar a cidade, dizendo que morara lá por algum tempo.

— Também tive um apartamento lá. Conhece as casas no riacho entre a ponte nova e a outra, mais nova ainda, cujo nome eu esqueci? Foi ali.

— Nossa casa ficava no mesmo bairro, mas no campo, atrás da escola.

Ele disse o nome da rua, da sua rua.

O Outro franziu a testa:

— Lembra ainda dos seus vizinhos?

— Um ou outro.

— Lembra da mulher que morava na casa de número 38?

— Cabelos castanhos, olhos castanhos, violinista, dois filhos, casada com um funcionário público? Era essa? Conheceu ela?

O Outro sacudiu a cabeça.

— Quanta coincidência, quanta coincidência. Sim, nós nos conhecemos. Quero dizer, nós tivemos....

Ele olhou para suas mãos.

— Ela é gente fina.

A minha mulher era gente fina? Embora o Outro tivesse dito aquilo de forma respeitosa, soou um pouco de cima para baixo, um pouco arrogante. Ele ficou irritado.

Também ficava irritado quando perdia para o Outro no xadrez. Acontecia raramente. O Outro jogava de um jeito desconcentrado, olhando para a rua ou para uma mulher ou para o cachorro da mesa ao lado, falava muito, elogiava os próprios lances, ficava ofendido quando precisava repetir jogadas erradas e, quando perdia, explicava verborragicamente por que deveria ter ganhado. Quando ganhava, ficava contente, gabando-se como um menino. Como tinha sido esperto ao trocar o bispo pelo cavalo ou ao sacrificar o peão, como fora inteligente ao enfraquecer a ala da dama, fortalecendo o centro — o Outro interpretava e apresentava tudo o que acontecera durante a jogada como evidência da sua superioridade.

Na segunda semana, o Outro lhe pediu dinheiro emprestado. Pediu que ele pagasse a conta para ele. Tinha esquecido o dinheiro. No dia seguinte, pediu mais dinheiro emprestado. Disse que não esquecera o dinheiro em casa, como pensara inicialmente. Que devia ter deixado o dinheiro no bolso da calça que fora para a lavanderia e que ele só iria buscá-la depois do fim de semana. Por essa razão, precisava pedir emprestada uma quantia maior, para passar o fim de semana. Quatrocentos marcos obviamente seria muito, mas que tal trezentos?

Ele lhe deu o dinheiro. Ficou irritado com a solicitação do Outro. Ficou irritado com a expressão com que o Outro lhe pedia dinheiro e o aceitava. Como se estivesse lhe fazendo um favor pedindo seu dinheiro.

Ficava irritado por não saber o que mais deveria fazer. Continuar jogando xadrez com o Outro?

Ir passear? Emprestar dinheiro a ele e ouvir as vantagens que ele contava e, quem sabe, um dia, escutaria a história do caso com a sua mulher? Precisava se aproximar mais dele.

Escreveu para a faxineira, juntou uma carta para o Outro e pediu que ela a levasse para o correio.

> *Sim, talvez devêssemos nos rever. Em algumas semanas voltarei para sua cidade, e poderíamos nos encontrar. A sua vida mudou? Eu quero ver. Mostre-me o seu trabalho, os seus amigos e, se houver, a mulher na sua vida. Não podemos continuar a partir do mesmo lugar em que paramos naquela época. Mas talvez exista um lugar na sua vida para mim e outro para você na minha — dentro da vida, não à margem dela.*

Ele foi visitar o Outro. Tocou a campainha sem se anunciar, sem avisar. A plaquinha com o nome, a campainha e o interfone, brilhando e combinando com a fachada *art nouveau* e a entrada *art nouveau* daquela casa bem-tratada, indicava o nome do Outro bem embaixo. A porta de entrada estava aberta e, como ele não visse o nome do Outro nas duas portas do andar térreo, desceu as escadas, cujos degraus eram de mármore, assim como o chão do hall de entrada, e cujo corrimão era de carvalho, como o da escada que levava para os andares de cima. Era a escada que levava para o porão; no final, à direita, havia uma porta de ferro com a indicação "porão". Mas à esquerda havia uma porta com o nome do Outro. Ele tocou a campainha.

O Outro respondeu "Senhora Walter?", e, depois de um momento, "Já vou". Quando abriu, estava de cuecas desleixadas e a camiseta manchada. Dava para entrever uma janela no nível do jardim, uma cama desfeita, a mesa cheia de louça, jornais e garrafas, duas cadeiras, um armário e, depois de outra porta aberta, a privada e o chuveiro.

— Oh — fez o Outro, saindo para o corredor e quase fechando a porta —, que surpresa.

— Eu apenas quis...

— Incrível, realmente incrível. Lamento não poder recebê-lo adequadamente. Aqui é muito apertado e lá em cima faz muito tempo que eu não arrumo. Estou acampado aqui no porão há dois meses porque estou cuidando das tartarugas. Gosta de tartarugas?

— Eu nunca...

— Nunca lidou com tartarugas? Mesmo gente que tem tartaruga em casa não conhece. E como vão gostar delas se não conhecem? Venha comigo.

Ele o guiou pela porta de ferro e um corredor até o lugar da calefação central.

— Em pouco tempo elas poderão sair, mas fico pensando: melhor é ter cuidado de mais do que de menos. Tartarugas terem filhotes, isso quase nunca acontece por aqui. Quando a velha começou a cavar um buraco no outono perto da moita pensei em tudo, menos em que ela pudesse estar escondendo ovos. Eram três ovos, eu os coloquei no porão onde fica a calefação, e de dois deles saíram pequenas tartaruguinhas.

Havia pouca luz no porão de calefação. Antes que os seus olhos tivessem se acostumado, o Outro pegou a sua mão esquerda e colocou uma tartaruga minúscula dentro dela. Ele sentiu as suas patinhas desajeitadas coçando e arranhando suavemente a palma da sua mão. Depois, ele a enxergou com a sua carapaça como uma tartaruga grande e com a mesma pele enrugada embaixo da cabeça e o mesmo movimento lento das pálpebras nos velhos olhos sábios. Ao mesmo tempo, era comoventemente minúscula, e quando ele tocou nela com os dedos da mão direita, percebeu como o casco ainda era macio.

O Outro o observou. Fazia uma triste figura, o calção de esporte pendendo sob a barriga gorda, os braços ridiculamente brancos e finos e o rosto expressando o profundo desejo de ser admirado e elogiado.

Será que aquilo era verdade? Ou será que o Outro comprara as tartaruguinhas? Dava para comprar tartarugas tão pequenas assim? Será que normalmente ele usava uma cinta para esconder a pança gorda? Ele morava naquele buraco no porão para poder exibir um bom endereço e sair de casa de manhã de um bom prédio com seu bom terno?

A tartaruguinha em sua mão quase o levou às lágrimas. Tão jovem e, ao mesmo tempo, tão velha.

Tão desprotegida e desajeitada e, ao mesmo tempo, tão sábia. Mas o Outro o irritava. A aparência dele suja, a casa descuidada, as fanfarronices, a ânsia de ser reconhecido — era esse fracassado que Lisa preferira a ele?

12

Alguns dias mais tarde, no café-da-manhã, o Outro tirou um envelope do bolso do casaco e o colocou na mesa.

— Recebi uma notícia importante.

Ele alisou o envelope com a mão.

— Uma importante violinista virá me visitar. Você compreenderá que não posso dizer o seu nome. Vou organizar uma recepção para ela. Pretende ficar por aqui? Posso convidá-lo?

Mas ele estava menos preocupado com o convite do que com a perspectiva de conquistá-lo como patrocinador.

— Você poderá vir? Que ótimo! Posso pedir sua ajuda num momento de dificuldade? Os imóveis com os quais estou lidando há algum tempo me deram uma dor de cabeça maior do que imaginei. Em consequência estou com um pequeno problema de fluxo de caixa que não deveria prejudicar a recepção, certo?

— De quanto dinheiro você precisa?

Ele observou o Outro, que já voltara à sua aparência bem-tratada, de terno, colete, gravata e lenço combinando. Eram várias gravatas e lenços, mas só dois ternos, e os sapatos pretos com o padrão de Budapeste, sempre impecavel mente lustrados, eram sempre os mesmos. Só agora ele se deu conta. Só agora também se deu conta de que, nas caminhadas no parque, o Outro sempre fazia questão de andar nos caminhos pavimentados, para poupar os sapatos. O fato de lidar com imóveis e ter um problema — será que ele era o síndico da mansão na qual morava? Ele lhe daria dinheiro. A recepção seria uma oportunidade de conhecer seus amigos e conhecidos. Uma oportunidade de constrangê-lo diante deles.

— Conhece a Trattoria Vittorio Emanuele, duas ruas mais para a esquerda? É um dos melhores restaurantes italianos que eu conheço, pode-se reservar a sala dos fundos, que dá para o pátio, para um grupo fechado. Conheço o dono. Não deve cobrar mais do que 3 mil marcos para um jantar para vinte pessoas.

— Jantar? Achei que você queria dar uma recepção.

— É o que eu imaginei. Você vai me ajudar com o dinheiro?

Enquanto ele ainda acenava com a cabeça, o Outro já começava a fazer planos. O cardápio. Um aperitivo no pátio, no caso de bom tempo, discursos. A lista de convidados.

A lista de convidados. Ela passou a ser o assunto de todos os cafés-da-manhã dali por diante. Aos poucos, os possíveis convidados que ele nomeava e descrevia foram dando forma à sua vida. Falou a respeito do teatro que pertencera a ele, das pessoas do teatro e do cinema, que já não eram mais famosas, mas um ou outro nome ainda soava familiar. Mencionou um ex-chefe de polícia, um cônego, um professor universitário e um diretor de banco — pessoas a quem prestara favores e que certamente viriam com prazer. Que tipo de favores? Passara uma importante informação ao chefe de polícia durante um sequestro. Sem a sua ajuda, o professor e o diretor de banco não teriam percebido que seus filhos adolescentes estavam envolvidos com drogas. E o teólogo lidava mal com o celibato. Também pretendia convidar pessoas da equipe de xadrez. Entre as pessoas do mercado imobiliário com as quais ele tinha contato agora poucas tinham nível, talvez chamasse uma ou duas.

— Infelizmente, preciso me abster de chamar meus contatos internacionais. Para eles, o sigilo é tudo.

Depois que o Outro listara todos aqueles nomes, disse:

— E o meu filho.

— Você tem um filho?

— Tive pouco contato com ele. Você deve lembrar como era essa história de filhos ilegítimos antigamente. Um pai que não fosse casado podia pagar, mas não passava dias e férias com o filho. Ainda bem que meu filho sabe que sou seu pai.

Ele balançou a cabeça.

— Temo que ele nutra um certo preconceito em relação à minha pessoa. Mas por isso mesmo seria bom que ele me visse no meu mundo, não acha?

Depois de passar vários dias planejando com alegria, ele ficou temeroso. Recebera outra carta com a data da visita.

— No sábado, daqui a 15 dias. A trattoria está livre, mas eu preciso correr com os convites. E o que acontecerá se ninguém vier?

— Por que você não pede que as pessoas respondam ao convite?

— *R.S.V.P.*, claro que preciso colocar isso no convite. Mas as pessoas podem aceitar ou não. Será que devo escrever "Em homenagem à violinista.... permito-me convidá-lo para um jantar na Trattoria Vittorio Emanuele", ou será que é melhor "Uma velha amiga e famosa violinista está na nossa cidade. Permito-me convidá-lo para um jantar...". Ou então mudo o início: "Uma famosa violinista e velha amiga..."

— Eu deixaria o nome de fora. Prefiro convites mais sucintos.

O Outro deixou o nome de fora, mas não desistiu da "famosa violinista e velha amiga". Duas semanas antes da data marcada, os convites tinham chegado aos seus destinatários. Começou a espera pelas confirmações ou desistências.

Foi com sentimentos mistos que ele observou os preparativos, as expectativas e os temores do Outro. Se estivesse buscando vingança, o convite era a grande oportunidade de executá-la, mesmo sem saber como. Portanto, também esperou as confirmações, assim como o Outro. Mas, ao mesmo tempo, queria que o Outro não ganhasse nada, nem mesmo confirmações. O Outro era um janota, um fanfarrão, um fracassado. Invadira seu casamento. Provavelmente invadira também outros casamentos. Provavelmente não pedira dinheiro emprestado apenas a ele, mas também ludibriara outras pessoas.

Um dia, foram juntos até a Trattoria Vittorio Emanuele e experimentaram o cardápio e o espaço. Patê tricolor, carneiro com polenta e acompanhamentos, torta de ricota, tudo regado a Pinot Grigio e Barnera. A comida era excelente, mas o Outro se preocupava com tudo e com todos.

O patê não estaria duro demais? Haveria bastante alecrim no carneiro? Os acompanhamentos não deveriam ser escolhidos por outros critérios? Ficou preocupado se os convidados realmente compareceriam, se o filho viria e o que pensaria, se ele conseguiria fazer o discurso e como faria para transformar a visita da famosa violinista e velha amiga num sucesso. Acabou confidenciando que ela fora muito próxima dele em determinada época. Lembrou-se de que estava diante de um ex-vizinho da mulher:

— Falamos dela outro dia, lembra? É uma mulher muito fina, e você não deve tirar conclusões erradas.

13

A maioria desistiu. Quem confirmou foram algumas pessoas do teatro e do cinema, o cônego, alguns integrantes do clube de xadrez e o filho.

Com as crescentes dificuldades em tornar o jantar um evento bem-sucedido, ele foi se tornando menos ruidoso:

— Você precisa saber que, nos últimos tempos, não fui mais muito sociável. Deve conhecer essa sensação — às vezes, vivemos mais para fora e, às vezes, mais para dentro. Eu esperava poder voltar à vida social depois dessa recepção. Que bom que você virá. Posso contar com isso, não?

Um dia, no caminho do toalete para o terraço do café em que tomavam café e jogavam xadrez, ele passou pelo telefone e escutou o Outro se referindo a um velho amigo que tinha sido vice-ministro do Interior. Resolveu perguntar.

— Quem é o seu amigo que foi vice-ministro de Estado?

— Você, ora. Você não disse que trabalhou no ministério? Um homem do seu porte — mesmo sem que me deem os detalhes, eu sei das coisas.

Na frente de quem ele iria constranger o Outro durante o jantar? De convidados que eram igualmente fracassados, como o Outro? Imaginara dizer que a famosa violinista, lamentavelmente impedida de comparecer, escrevera uma carta para ele, o ex-vizinho, por saber que ele participaria do evento. Que lhe pedira que lesse a carta para todos durante o jantar. Nesta carta, ele ridicularizaria o Outro, entregaria o seu desprezo, não de forma grosseira, e sim de maneira aparentemente carinhosa.

"Estou feliz por saber que seus sonhos finalmente se concretizaram. O quanto eu adoraria compartilhar seus êxitos com vocês, os convidados. Percebe quanto orgulho tenho de você e também de mim? Na época em que ninguém acreditou em você, eu acreditei e ajudei com meu dinheiro. E agora você finalmente mostrou ao mundo quem é de verdade."

Ele tinha certeza quase absoluta que este era o tipo de ajuda que o Outro havia recebido de Lisa: dinheiro. Fora fácil descobrir que o teatro que pertencera ao Outro falira 11 anos atrás. Fora apenas preciso conversar com o atual proprietário. Nem tinha sido preciso investigar nada no banco de Lisa. Mas ele sabia que, da herança que ela ganhara logo depois do casamento, nada sobrara após a sua morte. Ele se surpreendera com aquilo ao fechar suas contas bancárias. Teria notado se ela tivesse usado o dinheiro ou transferido para os filhos. No início do casamento, o dinheiro teria facilitado muito a vida deles, mas eles haviam decidido tocar nele apenas em caso de última necessidade. Acabaram resolvendo de outra maneira e, em pouco tempo, passaram a ganhar mais do que gastavam. Por isso, ficara surpreso. Mas logo depois de sua morte não tivera vontade de investigar para onde haviam sumido os cinquenta mil.

Ele não escreveu a carta para constranger o Outro. Escreveu alguns trechos na cabeça, mas quando sentava para fazer um rascunho no papel, não tinha mais energia. Primeiro porque ainda faltava muito tempo. Depois, sua intenção começou a se tornar questionável em face da qualidade dos convidados esperados.

Mas não foi por isso que lhe faltou energia. Seu ciúme e sua irritação também perderam força. Sim, fora traído e roubado. Mas Lisa não teria sido já suficientemente castigada? E não havia ela passado a lhe pertencer, nos últimos anos de vida, de uma maneira que o Outro mal podia imaginar? O que, afinal, o Outro podia imaginar? Era um fracassado, um farsante, e se Lisa não estivesse mal, naquela época, ele não teria tido a menor chance com ela. Ele era pequeno demais para despertar ciúmes e irritação.

Decidiu partir. Primeiro, quis visitar o Outro em seu porão para se despedir. Mas acabou deixando para o próximo café-da-manhã.

— Vou embora hoje.

— Quando é que você volta? Faltam apenas três dias.

— Não volto mais. Também não quero mais o dinheiro de volta. Faça o seu jantar com quem comparecer. Lisa não virá.

— Lisa?

— Lisa, a sua Bela, minha mulher. Ela morreu no último outono. Você não se correspondeu com ela, e sim comigo.

O Outro baixou a cabeça. Tirou as mãos da mesa, pousou-as no colo, a cabeça e os ombros caíram. O jornaleiro veio, pôs um jornal na mesa sem dizer nada e, sem dizer nada, o retirou novamente. A garçonete perguntou "Quer mais alguma coisa?", mas não recebeu resposta. Um carro conversível parou na calçada e parou no lugar proibido para estacionar, duas mulheres saltaram, rindo, e se sentaram, rindo, à mesa ao lado. Um terrier foi de mesa em mesa farejando os clientes, inclusive as pernas do Outro.

— De que ela morreu?

— Câncer.

— Sofreu?

— Ela ficou muito magra, tão magra que eu podia carregá-la com um braço só. As dores não foram insuportáveis, nem no final. Isso tem solução hoje em dia.

O Outro assentiu com a cabeça. Depois, ergueu o olhar.

— Você leu a minha carta para Lisa.

— Sim.

— E quis descobrir o que eu significava para ela? Quem eu era? Quis se vingar de mim?

— Um pouco isso, sim.

— E agora, já sabe?

Como não recebeu nenhuma resposta, prosseguiu:

— A questão vingança já ficou resolvida porque eu, de qualquer maneira, sou um fracassado, não? Um fanfarrão que fala dos velhos tempos como se tivessem sido bons e dourados, e não apenas bancarrota e prisão. O quê? Não sabia disso ainda? Agora sabe.

— Por quê?

— Sua mulher pagou as minhas dívidas e, no segundo processo, o meu advogado, mas eu já não era mais réu primário. Eu ainda tentei salvar o meu teatro.

— Mas por isso...

— ...por isso não se vai preso? Sim, vai-se preso quando se finge que tudo é melhor do que é, que existe dinheiro onde não há e contratos onde não há mais nenhum interessado e confirmações de atores que você nunca viu antes e com quem nunca falou. Mas isso você já sabe. Você não escreveu que eu torno as coisas mais bonitas do que são? Sim, eu as torno bonitas. Torno-as mais bonitas do que seriam em circunstâncias normais. Posso fazê-lo porque vejo nelas uma beleza que você não enxerga.

O Outro se ergueu.

— Não posso dizer o quanto lamento por Lisa.

Fez um olhar desafiador.

— Mas não tenho pena de você. Pois quero lhe dizer mais uma coisa. Lisa ficou com você porque o amava, amava-o mesmo nos dias ruins mais do que amou a mim nos dias bons. Não me pergunte por quê. Mas comigo ela foi feliz. E quero lhe dizer por quê. Porque sou um fanfarrão, um janota, um fracassado. Porque não sou o monstro de eficiência, de ordem e de azedume que você é. Porque torno o mundo mais belo. Você só enxerga o que se apresenta para você e não o que se esconde por baixo das coisas.

Ele se levantou.

— Eu poderia ter percebido. As cartas soavam azedas, da mesma forma que você é azedo. Mas eu as tornei mais bonitas ao lê-las.

Riu.

— Passe bem.

14

Voltou para casa. Atrás da porta de entrada havia as cartas jogadas pelo carteiro e notificações sobre pacotes que tinham voltado para a agência do correio. Depois que ele lhe pedira que mandasse a correspondência, a faxineira não voltara mais. Ela tampouco esvaziara o lixo que ele tirara da cozinha ao partir, mas que acabara esquecendo no corredor. Agora, o corredor e a entrada fediam. As flores que Lisa tanto amava e das quais ele cuidara em sua homenagem haviam se tornado galhos cinzentos e ressecados emergindo da terra rachada.

Ele começou o trabalho imediatamente. Jogou fora o lixo e as flores, limpou a cozinha, descongelou a geladeira e a limpou por dentro, aspirou a sala e o quarto, colocou roupa de cama nova e lavou roupa. Foi ao correio buscar as encomendas. Fez compras e foi até o jardim para ver que providências deveria tomar nos dias e semanas seguintes.

Terminou tudo até de noite. Era tarde, passava da meia-noite quando estendeu a última roupa lavada na máquina. Sentiu-se contente. Concluíra um capítulo pouco agradável. Colocara sua casa em ordem. No dia seguinte, recomeçaria a vida.

Mas no dia seguinte ele acordou do mesmo jeito que acordava antes de partir para a viagem. O sol brilhava, os passarinhos cantavam, uma brisa suave entrava pela janela e a roupa de cama estava fresquinha. Sentiu-se feliz até se lembrar de tudo: as cartas, o affair, seu ciúme e sua irritação, seu fastio. Não, não concluíra nada. Não chegara a lugar algum, nem embaixo, onde poderia começar do começo, nem na sua vida antiga, nem na vida nova. Sua vida antiga fora uma vida com Lisa, mesmo depois de sua morte, mesmo depois de saber do affair e de ficar com ciúme. Mas com a campanha contra o Outro ele perdera Lisa. Ela se tornara uma estranha para ele, assim como o Outro lhe era estranho, um item em sua contabilidade de amor, ciúme, esclarecimento e vingança que agora se tornava supérfluo. Aqui ela ficava deitada a seu lado e ele se lembrava dela de forma tão viva mesmo depois de sua morte que, às vezes, tivera a impressão de que bastava esticar o braço para poder tocá-la. Agora havia apenas uma cama vazia a seu lado.

Começou a trabalhar no jardim. Cortou a grama, podou as plantas, limpou os canteiros, revolveu a terra com a enxada, comprou plantas novas e viu que as lajotas embaixo da bétula deviam ser rejuntadas e que a cerca precisava ser pintada. Passou dois dias ocupado com o jardim e constatou que poderia trabalhar lá outros três, quatro e cinco dias. Mas a partir do segundo dia já não acreditou mais que estaria pondo sua vida em dia acertando o canteiro ou as rosas, trabalhando com enxada, ancinho ou tesoura.

Também não acreditou mais em queda e em recomeçar tudo do início. Adorara a imagem e imaginara a queda e o recomeço sem dor e sofrimento. Mas cair podia ser outra coisa. Se caísse, talvez fosse com estrondo para ficar estendido com os membros quebrados e o crânio arrebentado.

No terceiro dia, parou de trabalhar. Era perto das 12 horas, ele guardou a tinta e o pincel e pendurou uma placa de "Tinta fresca" na cerca semiacabada. Consultou o livreto sobre horários de trens para a cidade no sul. Precisava correr. A recepção começaria às 19 horas, o Outro não se cansara de lhe dizer e também escrevera na última carta para Lisa que estava entre a correspondência recebida.

Quando estava sentado no trem, ele ficou na dúvida se deveria saltar na próxima parada e voltar para casa, e quando chegou, se não devia ir para o hotel, passar um ou dois dias na cidade e simplesmente aproveitar os seus encantos. Mas o endereço que ele indicou ao motorista do táxi era o da Trattoria Vittorio Emanuele. Lá, saltou, entrou, atravessou o salão até o pátio. As portas para o pátio estavam abertas, os convidados estavam em grupos de dois ou três com copos ou pequenos pratos na mão, e o Outro ia de um grupinho para o outro. Terno azul de seda, camisa escura, gravata combinando com lenço na lapela, os velhos sapatos pretos modelo Budapeste, os cabelos castanhos e cheios, o rosto vivaz, postura e movimentos leves e seguros — ele era a estrela da noite. Teria alugado o terno? Teria pintado o cabelo? Usava cinta ou conseguia contrair a barriga? Quando estava se perguntando tudo isso e tentando contrair a própria barriga, o Outro o viu e se aproximou.

— Que bom que você veio.

O Outro o conduziu de um grupo para o outro e o apresentou como ex-vice-ministro. Se eu sou ex-vice-ministro, quem estaria escondido atrás do teólogo e dos atores e das atrizes? Quem atrás de colegas de sorriso tímido do ramo imobiliário e das mulheres ruidosas da alta-costura? O vice-campeão de xadrez era autêntico, um aposentado, ex-caminhoneiro e que descrevia seus êxitos no tabuleiro com os mesmos gestos amplos com que conduzira seu caminhão pelas curvas da estrada. Da mesma forma era autêntico o filho, um técnico de uma rede de TV de seus 30 anos e que observava o pai e os convidados com ar surpreso, interessado e, ao mesmo tempo, tranquilo.

O Outro era um anfitrião perfeito. Onde quer que houvesse um copo ou um prato vazio, um convidado solitário ou uma conversa que não saía do lugar, nada lhe escapava, ele botava o garçom para trabalhar, envolvia os solitários na conversa e reagrupava seus convidados até que todos tivessem se encontrado, até que todos estivessem conversando. Depois de meia hora, o pátio estava preenchido com a algaravia de vozes.

Quando escureceu, o Outro chamou os convidados para entrar. As mesinhas tinham sido agrupadas. O Outro levou cada convidado para o seu lugar, posicionou o ex-vice-ministro ao lado direito da cabeceira e o teólogo ao lado esquerdo e, ao lado desses dois, duas mulheres da alta-costura. Quando todos estavam sentados, ele permaneceu de pé. Seus convidados viram isso e silenciaram.

— Eu os convidei porque quis festejar a visita de uma velha amiga. Ela não virá mais. Ela morreu. O jantar de boas-vindas virou um jantar de despedida.

"Mas isso não significa que não possamos ser alegres. Estou alegre porque vocês todos vieram, minhas amigas e meus amigos, meu filho, o marido de Lisa.

O outro colocou uma mão no ombro dele.

— Assim, não preciso me despedir solitariamente. Não preciso me despedir com tristeza de Lisa, que foi uma mulher alegre.

A minha mulher foi uma mulher alegre? Ele sentiu uma onda de ciúme. Ele não queria que ela tivesse sido mais alegre com o Outro do que com ele. Com ele — ele se lembrou de uma Lisa resplandecente, risonha, feliz, rindo para ele, querendo contaminá-lo com sua felicidade com as crianças ou a música ou o jardim. Eram recordações raras. Uma mulher alegre?

O Outro falou do violino de Lisa e da multiplicidade de seu repertório e de suas interpretações e transformou a Lisa da primeira estante do segundo violino em uma solista. Mas depois contou como a ouviu em Milão tocando a primeira variação do adágio do Quarteto de Cordas opus 76 número 3 de Josepn Haydn. Contou como se estivesse escutando seu violino dançando em torno da linha melódica com passos lúdicos e, ao mesmo tempo, graves. Como acompanha a cadência da melodia com um ou outro soluço antes de se animar a se reerguer com mais uma pirueta. Então, a melodia toma mais um impulso, recomeça, subindo de forma reivindicatória, permanecendo, orgulhosa, num acorde como num terraço, descendo por uma larga escadaria até um belo jardim, cheia de majestade alegre, antes de se despedir acenando, agradecida e cheia de graça. E o violino de Lisa volta a dançar em volta da melodia e pisa forte várias vezes para ressaltar sua reivindicação, antes de reverenciar o orgulho com que a melodia permanece no terraço e a majestade com que vem descendo pelas escadarias, apesar de todo o movimento da variação. Mas na repetição ela faz um salto ousado até o acorde do terraço antes de a melodia chegar lá, como se fosse um último ato de revolta.

O Outro fez uma pausa. Teria ele assistido à peça na noite antes do primeiro encontro? Nas turnês mais longas da orquestra, geralmente o quarteto formado pelo *spalla* com Lisa, a viola e o violoncelo também se apresentava. Teria ele assistido a ela, apaixonando-se por ela? Apaixonara-se porque ela, aquela mulher delicada, tocava com tanta força, clareza e paixão que ele sentiu necessidade de absorver um pouco daquilo? Era assim que ela tocava. Quando ainda se conheciam pouco, ele sentira a mesma coisa. Depois, deixara de notar. Depois, Lisa era a sua esposa que tocava na primeira estante do segundo violino e muitas noites não estava em casa ao seu lado, embora precisasse dela e embora nem ganhasse muito dinheiro.

O Outro não embelezara Lisa com suas palavras. Simplesmente enxergara a maravilhosa violinista que era. Para ele, não tinha importância se ela era solista, se tocava o primeiro ou o segundo violino, se era mais ou menos bem-sucedida ou famosa. Ele não dizia coisas bonitas, ele encontrava coisas bonitas, encontrava beleza onde outros a escondiam ou não enxergavam e usava os atributos que os outros utilizavam para expressar a sua admiração para expressar a sua própria. Se os outros só podiam conceber uma violinista maravilhosa se ela era famosa, então ele precisava se referir à violinista maravilhosa como famosa. Da mesma forma, ele devia ter enxergado em si mesmo o grande mediador de conflitos, o campeão de polo e o dono de um dobermann premiado.

Talvez tivesse o talento para isso. Pois a beleza que ele tanto celebrava não apenas continha uma verdade mais elevada, e sim mais palpável; afinal, ele não falava das apresentações de Lisa como solista, mesmo que suas celebrações e seus elogios soassem assim para os convidados e ninguém se incomodara com aquilo, e sim sobre uma peça em que ela tocara a parte decisiva, marcante e brilhante.

Também a alegria de Lisa era verdadeira. Não que Lisa tivesse sido alegre com o Outro e não com ele, ela não fora mais alegre com o Outro do que com ele. Lisa recebera e tornara os outros alegres de múltiplas maneiras — sempre alegre. A alegria que ela lhe dera não fora uma alegria menor, mas precisamente a que cabia no seu coração pesado e mais azedo. Ela não o privara de nada. Dera-lhe tudo o que ele fora capaz de receber.

O Outro terminara o seu discurso e ergueu a taça para o brinde. O filho se levantou, todos se levantaram, e todos brindaram em pé para Lisa. Depois, o filho fez um pequeno discurso sobre o pai. O teólogo também falou, falou sobre Santa Isabel da Hungria e sobre Santa Isabel de Portugal, que havia conciliado seu marido com o filho. Ele bebera rápido demais e estava confuso. Uma atriz iniciou um discurso sobre as mulheres e as artes e, depois de algumas poucas palavras sobre a música, começou a falar primeiro do teatro e depois de si mesma. O vice-campeão de xadrez se levantou, bateu com o garfo na taça e pediu a atenção com a língua enrolada. Disse que não era homem de muitas palavras, mas quando terminasse de elaborar a abertura com a dama e o peão na qual trabalhava havia anos a batizaria de "abertura Lisa".

Comemoraram até altas horas. Depois de se despedir de todos, ele percorreu as ruas vazias até a estação. Esperou na plataforma até entrar no primeiro trem para casa. Amanhecia quando o trem deixou a cidade para trás. Ele pensou na manhã seguinte em casa. Acordaria, veria o sol, escutaria os pássaros, sentiria a brisa e se lembraria de tudo, e seria bom assim.

Este livro foi composto na tipologia Arrus Bt,
em corpo 11,5/17, e impresso em
papel off-white 90g/m^2 no Sistema Cameron
da Divisão Gráfica da Distribuidora Record.